陸 史 詩 集

李 陸 史 著

서 울 市

서 울 출 판 사 • 刊

序

陸史가 北京 獄舍에서 永眠한지 벌서 二年이 가차워온다. 그가 世上에 남기고

간 스무여편의 詩를 모아 한권의 책을 만들었다.

詩의 巧拙을 이야기함은 評家의 일이나 한평생을 걸려 쓴 詩로는 意外로

수효가 적음은 故人의 生活이 辛酸하였음을 이야기하고도 남는다.

作品이 哀切함도 그 까닭이다.

서울 下宿房에서 異域夜燈아래 이 詩를 쓰면서 그가 模索한것은 무엇이었을까.

實生活의 孤獨에서 우러나온것은 항시 無形한 憧憬이었다. 그는 한평생 꿈을 追求

한 사람이다. 詩가 世上에 묻지 않는것은 當然한 일이다. 다만 안타가이 空中에

그린 無形한 꿈이 形態와 衣裳을 갓추기엔 故人의 목숨이 너무 짧았다.

遺作으로 發表된 「曠野」 「꽃」에서 사람과 作品이 圓熟해 가는 途中에 夭折

한것이 한층 더 애달음은 이 까닭이다.

肉身은 없어지고 그의 生涯를 彫刻한 悲哀가 맺은 몇편의 詩가 우리의 手

나에 남아 있을뿐이나 한사람의 詩人이 살고간 痕跡을 찾기엔 이로써 足할것이

다 살아 있는 우리는 故人의 死因까지도 자세히 모르나 陸史는 저世上에서도 分

明未盡한 꿈으로 詩를 쓰고 있을것이다。 그러나 幽明의 안개에 가려 우리가 그

것을 듣지 못할뿐이다。

1946·8·21·

申石艸

金光均

吳章煥

李庸岳

次例

陸史詩集

装幀　吉　鎮燮

黄　昏

내 골ㅅ방의 커―텐을 걷고

정성된 마음으로 黃昏을 맞아드리노니

바다의 흰 갈메기들 같이도

人間은 얼마나 외로운것이냐

黃昏아 네 부드러운 손을 힘껏 내밀라

내 뜨거운 입술을 맘대로 맞추어보련다

그리고　비　품안에　안긴　모든것에

나의　입술을　보내게　해다오

저—十二星座의　반짝이는　별들에게도

鐘ㅅ소리　저문　森林속　그윽한　修女들에게도

쎄멘트、　장판우　그　많은　囚人들에게도

의지　가지없는　그들의　心臟이　얼마나　떨고　있는가

고、비沙漠을　걸어가는　駱駝란　行商隊에게나

아프리카　綠陰속　활　쏘는　土人들에게라도

黃昏아 네 부드러운 품안에 안기는 동안이라도

地球의 半쪽만을 나의 타는 입술에 맡겨다오

내 五月의 골ㅅ방이 아늑도 하니

黃昏아 來日도 또 저——푸른 커—텐을 걷게 하겠지

暗暗히 사라지긴 시내ㅅ물 소리 같아서

한번 식어지면 다시는 돌아 올줄 모르나보다

靑 葡 萄

내 고장 七月은

청포도가 익어가는 시절

이 마을 전설이 주절이주절이 열리고

먼데 하늘이 꿈 꾸며 알알이 들어와 박혀

하늘밑 푸른 바다가 가슴을 열고

흰 돛 단 배가 곱게 밀려서 오면

내가 바라는 손님은 고달픈 몸으로

靑袍를 입고 찾아 온다고 했으니

내 그를 맞아 이 포도를 따 먹으면

두 손은 함뿍 적셔도 좋으련

아이야 우리 식탁엔 은쟁반에

하이얀 모시 수건을 마련해두렴

목숨이란 마치 깨여진 배쪼각

여기저기 흩어져 마을이 구죽죽한 漁村보담 어설프고

삶의 틔끌만 오래묵은 布帆처럼 달아매였다

남들은 기뻣다는 젊은 날이었것만

밤마다 내 꿈은 西海를 密航하는 짱크와 갈애

소금에 절고 潮水에 부프러 올랐다

함상 흐렸한밤 暗礁를 벗어나면 颱風과 싸워가고

傳說에 읽어본 珊瑚島는 구경도 못하는

그곳은 南十字星이 비쳐주도 않았다

쫓기는 마음 지친 몸이길래

그리운 地平線을 한숨에 기오르면

시궁치는 熱帶植物처럼 발목을 오여쌌다

새벽 밀물에 밀려온 거미이냐

다 삭아빠즌 소라 껍질에 나는 붙어 왔다

머ㅡㄴ 港口의 路程에 흘러간 生活을 드려다보며

年譜

「그녀는 돌다리ㅅ목에서 쉬었다」던

할머니 핀잔이 참이라고 하자

나는 진정 江언덕 그 마을에

떨어진 문바지였는지 몰라

그러기에 열여덟 새봄은

버들피리 곡조에 불어 보내고

첫사랑이 흘러간 港口의 밤

눈물 섞어 마신술 피보다 달더라

바람에 불려 돌아온 고장도 비고

공명이 마다곤들 언제 말이나 했나

서리 밟고 걸어간 새벽길우에

肝ㅅ잎만 새하얗게 단풍이 들어

거미줄만 발목에 걸린다해도

쇠사슬을 잡아맨듯 무거워졌다

눈우에 걸어가면 자욱이 지리라고

때로는 설레이며 바람도 불지

絶頂

매운 季節의 채쭉에 갈겨
마츰내 北方으로 휩쓸려오다

하늘도 그만 지쳐 끝난 高原
서리빨 칼날진 그 우에서다

어데다 무릎을 꿇어야 하나

한발 재겨 더덜곳조차 없다

이러때 눈 감아 생각해 볼밖에

겨울은 강철로 된 무지겐가 보다

鴉片

나릿한　南蠻의　밤

燔祭의　두레ㅅ불　타오르고

紅疫이　만발하는　거리로　쏠려

玉돌보다　찬　넋이　있어

거리엔　노아의　洪水　넘처나고

위태한　섬우에　빛난　별하나

너는　고　알몸동아리　香氣를

봄마다　바람　실은　돛대처럼　오라

무지개같이　恍惚한　삶의　光榮

罪와　겯드며도　삷즉한　누리

나의 뮤-즈

아주 헐벗은 나의 뮤-、즈、는

한번도 기야 싶은 날이 없어

사뭇 밤만을 王者처럼 누려 왔소

아무것도 없는 주제였만도

모든것이 제것인듯 빼틔는 멋이야

그냥 인드라의 領土를 날라도 단인다오

고향은 어데라 물어도 말은 않지만

처음은 정녕 北海岸 매운 바람속에 자라

大鯤을 타고 단였단것이 一生의 자랑이죠

袂보다 크고 흰 귀를 자조 망토로 가리오

醉하면 행랑 뒤ㅅ골목을 돌아서 단이며

계집을 사랑커든 수염이 너무 주체스럽다도

그러나 나와는 몇 千秋 동안이나

바루 翡翠가 녹아 나는듯한 돌샘ㅅ가에

饗宴이 벌어지면 부르는 노래란 목청이 외골수요

밤도 시진하고 닭소래 들릴 때면

그만 그는 별 階段을 성큼성큼 올러가고

나는 초ㅅ불도 꺼져 百合꽃 밭에 옷깃이 젓도록 찼소

喬 木

푸른 하늘에 닿을듯이

세월에 불타고 우뚝 남아서서

차라리 봄도 꽃피진 말아라

낡은 거미집 휘두르고

끝없는 꿈길에 혼자 설내이는

마음은 아예 뉘우침 아니라

검은 그림자 쓸쓸하면

마침내 湖水속 깊이 거꾸러져

참아 바람도 흔들진 못해라

娥眉

——구름의　伯爵夫人——

鄉愁에　철나면　눈섶이　기난이오

바다랑　바람이랑　그　사이　태여　났고

나라마다　어진　풍속　자랐겠죠

짓푸른　깁帳을　나서면　그　몸매

하이얀　깃옷은　휘둘러　눈부시고

정녕　왈쓰라도　추실탄가봐요

해ㅅ살같이　펼쳐진　부채는　감춰도

도톰한　손결　驕笑를　가루어서

공주의　筍보다　깨끗이　떨리오

언제나　모듬에　지쳐서　돌아오면

꽃다발　향기조차　기억만　새로워라

찬젓때　소리에다　웃끈을　흘려보내고

초ㅅ불처럼　타오르는　가슴속　思念은

진정　누구를　애끼시는　贖罪라오

발아래 가득히 황혼이 나우리처요

달빛은 서늘한 圓柱아래 듭시면

薔薇쩌 이고 薔薇쩌 흘으시고

아련히 가시는곳 그 어딘가 보이오

子 夜 曲

수만호 빛이래야할 내 고향이언만

노랑나비도 오잖는 무덤우에 이끼만 푸르러라

슬픔도 자랑도 접어삼키는 검은 꿈

파이프엔 조용히 타오르는 풋불도 향기론데

연기는 돛대처럼 나려 항구에 들고

옛날의 들창마다 눈동자엔 짜운 소금이 져려

바람 불고 눈보래 치잖으면 못살이라

매운 술을 마셔 돌아가는 그림자 발자최소리

숨막힐 마음속에 어데 강물이 흐르느뇨

달은 강을 따르고 나는 차듸찬 강맘에 드리느타

수만호 빛이래야할 내 고향이언만

노랑나비도 오잖는 무덤우에 이끼만 푸르러라

湖 水

내여달리고 저운 마음이련마는

바람 쐬운듯 다시 瞑想하는 눈동자

때로 白鳥를 불러 휘날려보기도 하것만

그만 기슭을 안고 돌아누어 흑흑 느끼는 밤

희미한 별 그림자를 섞어 놓이는 동안

자주ㅅ빛 안개 가벼운 瞑帽같이 나려씨운다

차듸찬 아침이슬

진주가 빛나는 못가

蓮꽃 하나 다복히 피고

少年아 네가 낳다니

맑은 넋에 깃드려

박꽃처럼 자랐세라

큰江 목놓아 흘러

여울은 흰 돌쪽마다

소리 夕陽을 새기고

너는 駿馬 달리며

竹刀 져 곤은 기운을

목숨같이 사랑했거늘

거리를 쫓아 단여도

貧水있는 風景속에

동상답게 서봐도 좋다

西風 뺨을 스치고

하늘 한가 구름 뜨는곳

희고 푸른 지음을 노래하며

그래 가락은 흔들리고

별들 춥다 얼어붙고

너조차 미친들 어떠랴

江건너 간 노래

섯달에도 보름께 달 밝은밤

앞 내ㅅ江 쨍쨍 얼어 조이던 밤에

내가 부르던 노래는 江건너 갔소

江건너 하늘끝에 沙漠도 다은곳

내 노래는 제비같이 날러서 갔소

못잊을 계집애나 집조차 없다기

가기는 갔지만 어린날개 지치면

그만 어느 모래ㅅ불에 떨어져 타 죽겠소

눈물먹은 별들이 조상오는 밤

沙漠은 끝없이 푸른 하늘이 덮여

밤은 옛ㅅ일을 무지개보다 곱게 짜내나니

한가락 여기두고 또 한가락 어데멘가

내가 부른 노래는 그 밤에 江건너 갔소

芭蕉

항상 앓는 나의 숨결이 오늘은

海月처럼 게을러 銀빛 물결에 뜨나니

芭蕉 너의 푸른 옷것을 들어

이닷 타는 입술을 추겨주렴

그 옛쩍 사라센의 마즈막 날엔

期約없이　흘어진　두날　넘이었어라

젊은　女人들의　잡아　못논　소매끝엔

고은　소금조차　아즉　꿈을　짜는데

먼　星座와　새로운　꿈들을　볼때마다

잊었던　季節을　몇번　눈우에　그렷느뇨

차라리　千年뒤　이　가을밤　나와　함께

비ㅅ소리는　얼마나　긴가　재어보자

그리고 새벽하늘 어디 무지개 서면

무지개 밟고 다시 끝없이 해여지세

斑猫

어느 沙漠의 나라 幽閉된 後宮의 넋이기에

몸과 마음도 아롱져 근심스러워라

고향의 黃昏을 간직해 서럽지 안뇨

七色 바다를 건너서 와도 그냥 눈瞳子에

사람의 품에 깃들면 등을 굽히는 짓재

山脈을 느낄사록 끝없이 게을너라

그 적은 咆哮는 어느 祖先때 遺傳이걸래

瑪瑙의 노래야 한층 더 잔조우리라

그보다 뜰안에 흰나비 나즉이 날라올땐

한낮의 太陽과 튜맆、한송이 지킴직하고

獨 白

雲母처럼 희고 찬 얼굴

그냥 주검에 물든들 아나

내 지금 달아래 서서 있네

높대보다 높다란 어깨

얕은 구름쪽 거미줄 가려

파도나 바람을 귀밑에 듣네

갈메긴양 떠도는 심사

어뎨 하날들 끝간뎈 아리

으롯한 思念을 旗幅에 흘리네

船窓마다 푸른막 치고

초ㅅ불 鄕愁에 찌르르 타면

運河는 밤마다 무지개 지네

박쥐같은 날개나 펴면

아주 흐린날 그림자속에

떠서는　날잖는　사복이　됨세

닭소리나　들리면　가라

안개　뽀얗게　나리는　새벽

그곳을　가만히　나력서　감세

日蝕

쟁반에 먹물을 담아 비쳐본 어린날

불개는 그만 하나밖에 없는 내 날을 먹었다

날과 땅이 한줄우에 돈다는 고瞬間만이라도

차라리 헛말이기를 밤마다 정녕 빌어도 보았다

마침내 가슴은 洞窟보다 어두워 설래인고녀

다만 한봉오리 피려는 장미 벌래가 좀치렀다

그래서 더 예쁘고 진정 덧없지 아니하냐

또 어테 다른 하날을 얻어

이슬 젖은 별빛에 가꾸련다

邂逅

모든 별들이 翡翠階段을 나리고 풍악소래 바루

조수처럼 부푸러 오르던 그밤 우리는 바다의 殿堂을 떠났다

가을 꽃을 하직하는 나비모냥 떨어져선 다시 가까이

되돌아 보곤 또 멀어지던 흰 날개우엔 별ㅅ살도 따겁더라

머나먼 記憶은 끝없는 나그네의 시름속에 자라나는 너를

간직하고 너도 나를 아껴 항상 단조한 물결에 익었다

그러나 물결은 흔들려 끝끝내 보이지 않고 나조차

季節風의 넋이 가치 휩쓸려 정치못 일곱 바다에 밀렸거늘

너는 무삼일로 沙漠의 公主같아 臙脂찍은 붉은 입술을

내 근심에 漂白된 돛대에 거느뇨 오ー 안타가운 新月

때론 너를 불러 꿈마다 눈덮인 내 섬속 透明한 玲珞으로

세운 집안에 머리 푼 알몸을 黃金 項鎖 足鎖로 매여 두고

귀ㅅ밤에 우는 구슬파 사슬 끊는 소리 들으며 나는 일홈도

모를 꽃밭에 물을 뿌리며 머ㅡㄴ 다음 날을 빌었더니

꽃들이 피면 향기에 醉한 나는 잠든 틈을 타 너는 온갖

花瓣을 따서 날개를 붙이고 그만 어데로 날러 갔더냐

지금 놀이 나려 船窓이 故鄕의 하늘보다 둥글거늘 검은

망토를 두르기는 지나간 世紀의 喪章같애 슬프지 않은가

차라리 그 고은 손에 흰 수건을 날리렴 虛無의 分水嶺에

앞날의 旗빨을 걸고 너와 나와는 또 흐르자 부끄럽게 흐르자

曠　野

까마득한 날에

하늘이 처음 열리고

어데 닭 우는 소리 들렸으랴

모든 山脈들이

바다를 戀慕해 휘달릴때도

참아 이곳을 犯하던 못하였으리라

끊임 없는 光陰을

부즈런한 季節이 피어선 지고

큰 江물이 비로소 길을 열었다

지금 눈 나리고

梅花香氣 홀로 아득하니

내 여기 가난한 노래의 씨를 뿌려라

다시 千古의 뒤에

白馬타고 오는 超人이 있어

이 曠野에서 목놓아 부르게 하리라

꽃

동방은 하늘도 다 끝나고

비 한방울 나리잖는 그때에도

오히려 꽃은 빨갛게 피지 않는가

내 목숨을 꾸며 쉬임 없는 날이여

北쪽 쯘드라에도 찬 새벽은

눈속 깊이 꽃 맹아리가 옴자거려

제비떼 까맣게 날라오길 기다리나니

마침내 저바리지 못할 約束이여

한 바다복판 용솟음 치는 곳

바람결 따라 타오르는 꽃城에는

나비처럼 醉하는 回想의 무리들아

오늘 내 여기서 너를 불러 보노라

跋

家兄 陸史先生이 北京獄裡에서 寃死한지 이미 二碁가 지났다。 생각하면 貧窮과 投獄

과 流込의 四十平生에 거의 하로도 寧日이 없었으나 文學靑年이 아니었던 그가 三十

고개를 넘어서 비로소 詩를 쓰기 시작해서 그처럼도 詩를 좋와했던것은 아마 그의 革

命的情熱과 意慾이 그대로 사라지지 않은체 詩에 憑藉해 꿈도 그려보고 不平도 暴白

한것일것이다。 그러므로 그의 性格은 「絶頂」에서 보이는 바와 같이 楚剛하고 非安協的

이건마는 친구들에게는 寬仁한 사람으로 알려지고、 警察署에서는 要視察人이었던것만은 文

壇에서는 詩人행새를 한것을 보면 그가 所謂 單純한 詩人이 아니었던것을 아는 사람

은 알것이다。

그래 不治의 病이 거의 治境에 이르렀을 때 끝끝내 靜攝하지않고 海外로 나간것은 破

綻된 生活과 怫欝한 心情을 붙일곳이 없어 내가 그처럼 挽留했음에도 나종에는 성

을 내다시피하고 飄然히 떠난것이었다。 그리고 이 걸음은 마침내 死因이 되고만것이

다.

이제 八·一五의 感激期를 지나고나 일터에서 집안에서 그의 모습을 찾아볼수 없으

므로 人間에 流落한 그의 詩稿라도 收拾해서 그가 이 세상에 왔다 간 자취라도 남

겨보려하니 실로 그 발자취는 자욱자욱이 피가 고일만큼 辛酸하고 不幸한것이었다。

이 詩作의 巧拙은 내가 말할바 아니요。 다만 同氣이면서 同志의 한사람으로써 그의 타

고난 天稟을 생각할 때 그가 天年을 맞칠수 있는 幸運만 받았더라도 이 二十篇의 詩

作만으로 그의 遺業이 되지는 않았을것을 生覺하면 실로 뼈아픈 일이다。

果然「千年뒤 白馬탄 超人이 있어니 그의 노래를 목놓아 부를 때가 있을넌지 없을넌

지는 모르겠으나 그의 生前 親友들과 함께 散存한 原稿를 눈물로 모아 이 책을 내

이면서 이 책을 내는데 여러가지로 盡力해주신 舊交 여러분에게 無限한 感謝와 敬意를

表하는 바이다。

一九四六、九、五

舍弟 源朝 謹識

陸史詩集

一九四六年一〇月二〇日發行

定價 四〇圓

著者　李陸史

發行所　서울出版社

서울市中區太平通一丁目七二의二

電話本局②六六四八番

That summer

Part of That summer Publishing Co.
Web site : blog.naver.com/jgbooks
605-ho, 52, Dongmak-ro, Mapo-gu, Seoul, #04073 South Korea
Telephone 070-8879-9621 Facsimile 032-232-1142 Email jgbooks@naver.com

陸 史 詩 集

Published by That Summer Publishing Co.
First original edition printed by Seoulchulpansa, Korea
This recovering edition published by That Summer Publishing Co. Korea
2016 © That Summer Publishing Co. all rights reserved.
No part of this publication may be reproduced, stored in retrieval system, or transmitted
in any form or by any means without the prior written permission of the copyright holder.

육사시집 1946년 초판본 오리지널 디자인

지은이 이육사 | **기획 및 자문** 김동근 | **디자인** 에이스디자인

1판 1쇄 2016년 4월 20일 | **발행인** 김이연 | **발행처** 그여름

주소 서울특별시 마포구 독막로 52, 605호(합정동)

대표전화 070-8879-9621 | **팩스** 032-232-1142 | **이메일** jgbooks@naver.com

ISBN 979-11-85082-36-3 (04810)